37193985R00057

Made in the USA
Lexington, KY
23 April 2019